紅蘿蔔幼稚園
紅蘿蔔路
6

你好
往這邊
走這邊

你好！
園長跟
一個紅紅的小朋友
一起來吧！
是誰啊？
往這邊走
他就在
那裡

您好！
老師，
有新來的小朋友喔！

哦！

我們老師……

只有聲音很大

아!

力氣很大

呃 啊 啊 啊
啊 啊
啊 啊
啊
咻
啊
哎呀
啊
呃啊

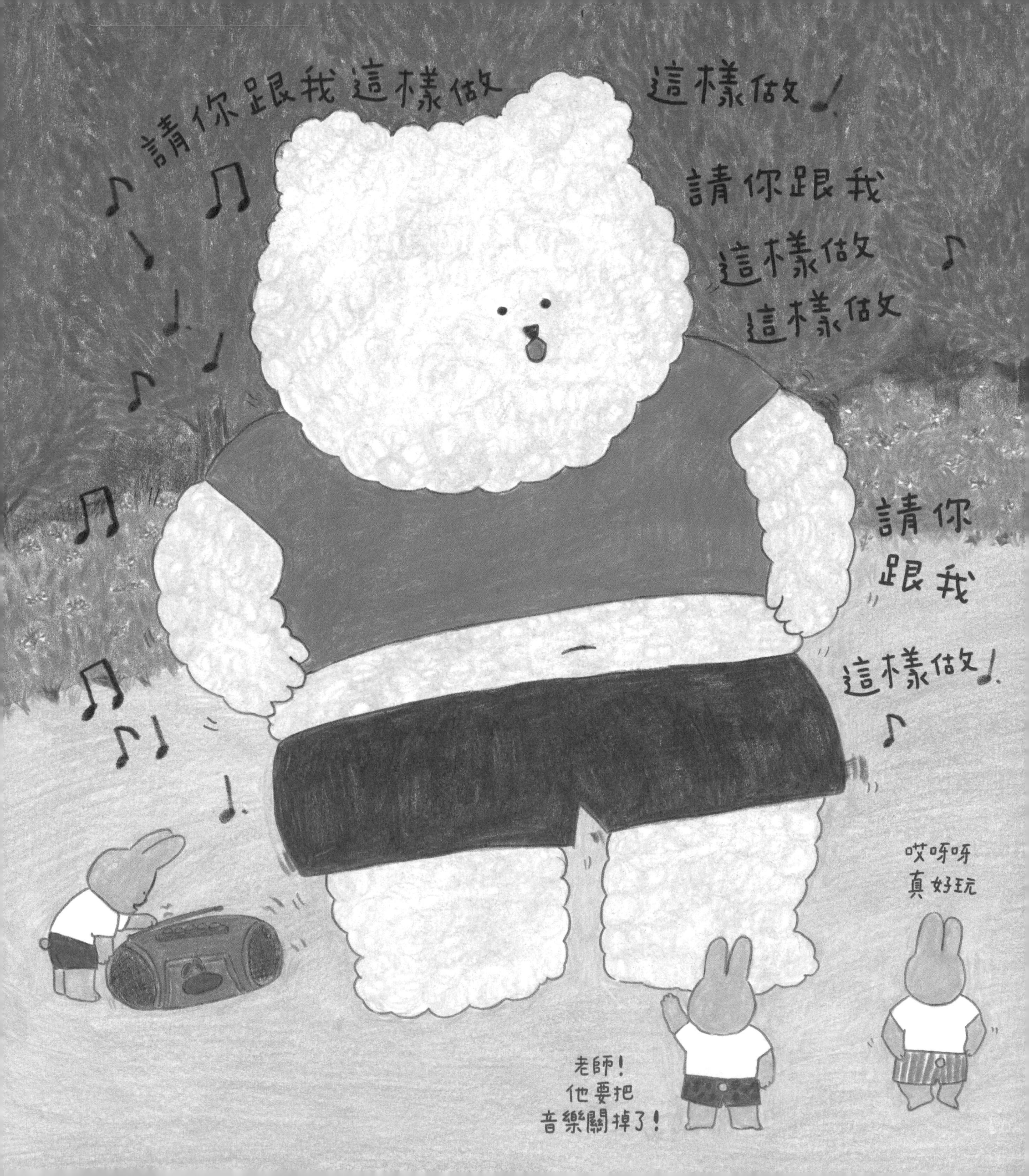
請你跟我這樣做
這樣做
請你跟我
這樣做
這樣做
請你
跟我
這樣做
哎呀呀
真好玩
老師！
他要把
音樂關掉了！

唉……我不想去幼稚園。
♫哎呀呀
真好玩♪
老師！
我不會
老師！
不想跳了
請你跟我
這樣做
這樣做
請你跟我
這樣做
這樣做
一點都
不好玩
嘎嘎嘎嗚啦啦
嗚啦啦嘎嘎嘎
老師，
我想便便
這個以前
在幼幼班
就跳過了
呵呵呵

布穀 布穀 布穀 布穀 布穀 布穀 布穀
嗚哇!哇!
媽媽，
我今天不要去
幼稚園。
媽媽
我也不要去。

可是今天老師看到我做的大象說很棒

還跟我同一國。

還偷偷給我紅蘿蔔糖，其他小朋友都沒有喔

老師，
你們在裡面
做什麼？
叩叩
叩叩

我們老師最棒了！

聲音很響亮

我們也開心笑
我們也開心笑
我們也開心笑
我們也開心笑
我們也開心笑
我們也開心笑
開心笑
我們也開心笑
開心笑
我們也開心笑
我們也開心笑
我們也開心笑
我們也開心笑
我們也開心笑

力氣也很大

26 (日)
13:19
星期天動一動
星期天動一動
星期天動一動
星期天動一動
星期天動一動

知了
知了
知了
知了 知了
什麼時候才要去
幼稚園……

布穀
布穀
布穀
布穀
上幼稚園
要遲到了啦～
漂亮衣服
漂亮衣服
漂亮衣服漂亮衣服漂亮衣服
漂亮衣服漂亮衣服漂亮衣服
漂亮衣服
漂亮衣服
媽媽，
我衣服
換好了！

媽媽，
快要遲到了啦！
快點！
快點！

我要和老師結婚

老師，你看我畫的。
為什麼畫紅蘿蔔呢？
我想變成紅蘿蔔

老師，我的紅蘿蔔給你。
咔咔
哇，好好吃
我的紅蘿蔔比較大
才不是咧，我的紅蘿蔔比較大
喔，給紅蘿蔔就不會被抓去吃掉！
紅蘿蔔掉下去了
咔
好吃好吃
紅蘿蔔要從尾巴開始吃
可是老虎又不吃紅蘿蔔

我哥哥還會後滾翻
好像不行吧!
老師，你看，我會前滾翻
我媽媽會側翻呢!
老師，你看，我可以摸到單槓喔!
騙人!
啊啊啊啊，要倒了!
老師，你看，我會寫123
老師，你看，我可以堆這麼高喔!
老師，你看，我會寫名字了!
老師，你看，我可以吃這麼多喔!

啊啊啊啊，
我不要！
我不要回家，
我要
跟老師結婚
每天每天
都在一起玩

午餐
吃什麼呢？
紅蘿蔔
今天在幼稚園
做什麼呢？
你看
這個
吃紅蘿蔔……
快點走吧！
奶奶，
妳看這是
我畫的
等一下，
不要跑！
哎喲，
是哪個大畫家畫的呀！

爸爸
會讓我坐高高，
所以我要跟爸爸結婚。
我要跟
媽媽結婚，
爸爸跟
弟弟結婚。
爺爺
不要走，
我要跟
爺爺結婚，
每天每天
都要跟爺爺
一起玩。
汪汪阿姨
買玩具給我，
所以我要
跟阿姨結婚。
呵呵
呵呵

好，晚飯已經
做好了喔。
今天先回家，
你要吃很多，
吃得像
熊熊老師一樣大
的時候再結婚吧。

那我今天晚上
可以跟
爸爸媽媽
一起睡嗎？
好啊！
好啊
也要
跟爸爸媽媽
一起睡

現在還不行，以後一定要結婚

紅蘿蔔教室

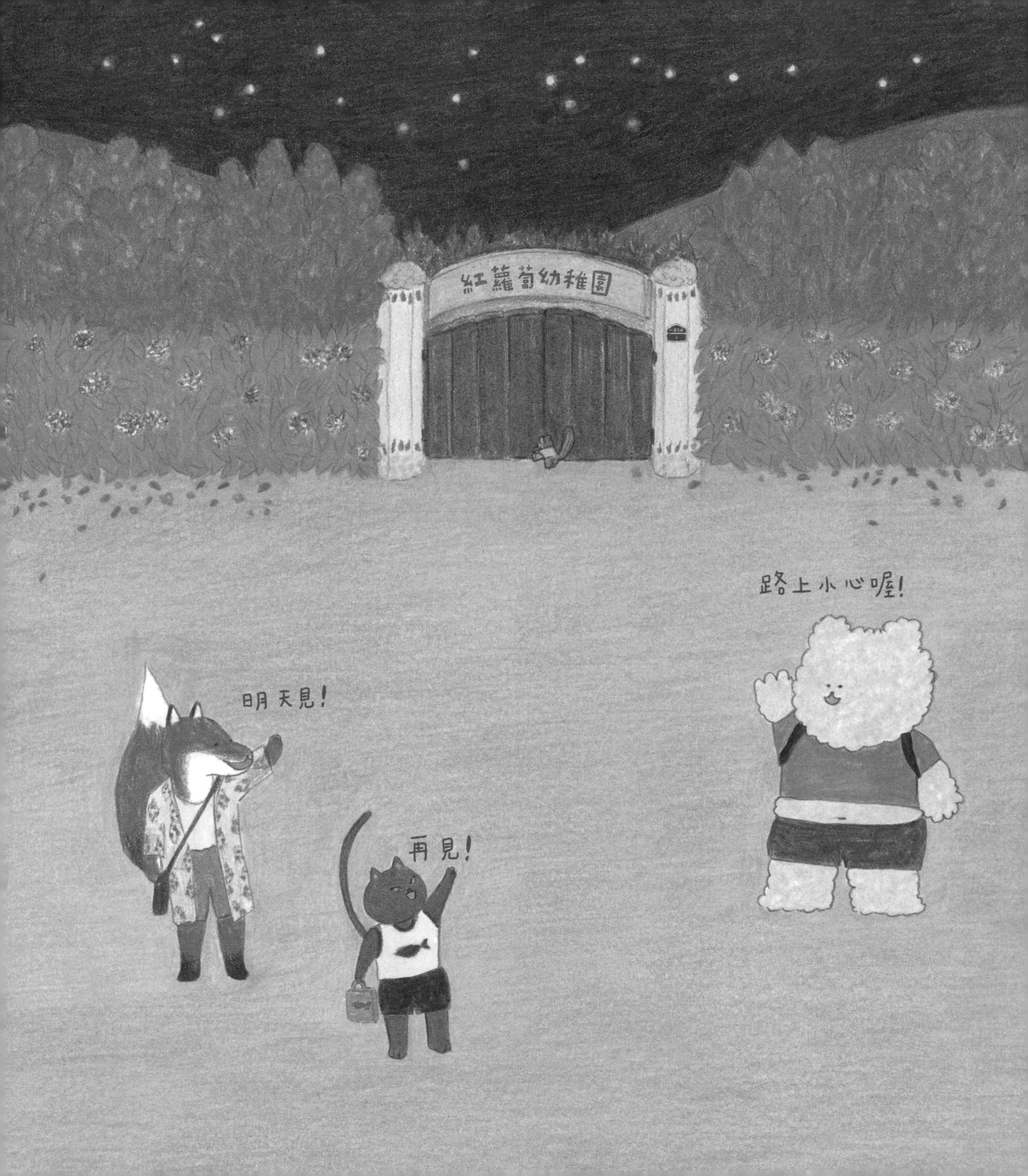
紅蘿蔔幼稚園
路上小心喔!
明天見!
再見!

噗哈

作者簡介 **安寧達**

在依山傍水的山村學校學習視覺設計，現為專職插畫家，插畫作品有《真的啦》、《晚安，可可》。二〇一五年出版第一本圖文創作繪本《西瓜游泳池》，獲得廣大迴響，並入選第五十六屆韓國文化獎（青少年組），之後走上繪本創作之路，擅長以色鉛筆創作，畫風質樸溫暖。代表作有《西瓜游泳池》、《奶奶的暑假》、《我們總是會再見面的》、《梅莉》、《因為啊……》、《紅蘿蔔幼稚園》。

筆名「安寧達」源於韓文發音「안녕달」，意即「你好，月亮」之意。

譯者簡介 **馮燕珠**

新聞系畢業，曾任職記者、公關、企畫工作。之後為精進韓文，毅然辭掉工作，赴韓進修語言。並於課餘時間教授韓國人中文。回國後從事與韓文相關工作，包括教在台韓國人中文，以及翻譯書籍、韓劇與口譯等。

作　　者　安寧達（안녕달）
譯　　者　馮燕珠
副 社 長　陳瀅如
總 編 輯　戴偉傑
責任編輯　戴偉傑
行銷企畫　陳雅雯、張詠晶
美術排版　陳宛昀

出　　版　木馬文化事業股份有限公司
發　　行　遠足文化事業股份有限公司（讀書共和國出版集團）
地　　址　231新北市新店區民權路108之4號8樓
電　　話　02-22181417　傳　　真　02-22180727
Email　service@bookrep.com.tw
郵撥帳號　19588272木馬文化事業股份有限公司　客服專線　0800221029
法律顧問　華洋法律事務所　蘇文生律師
印　　刷　中原造像股份有限公司
初版一刷　2023年8月
初版二刷　2024年3月
定　　價　400元
ISBN　978-626-314-488-0
有著作權，侵害必究

特別聲明：有關本書中的言論內容，不代表本公司／出版集團之立場與意見，文責由作者自行承擔。

당근 유치원
Copyright© 2020 by Bonsoir Lune
All rights reserved.
Originally published in Korea by Changbi Publishers, Inc.

Complex Chinese translation copyright© Ecus Cultural Enterprise Ltd., 2023
Published by arrangement with Changbi Publishers, Inc. through Arui SHIN Agency & LEE's Literary Agency

多吃一點，
很快就會長大
爸爸、媽媽，
我什麼時候
才會長大？